la courte échelle

Les éditions la courte échelle inc.
Montréal • Toronto • Paris

Ginette Anfousse

Née à Montréal, Ginette Anfousse dessine presque sérieusement pendant six ans, pour la télévision, les journaux et les revues. Ensuite, elle se met à écrire. Elle reçoit de nombreux prix autant pour le texte que pour les illustrations: 1987, prix Fleury-Mesplet comme meilleur auteur de littérature-jeunesse des dix dernières années; 1988, Prix Québec-Wallonie-Bruxelles pour *Les catastrophes de Rosalie*, Prix d'excellence de l'Association des consommateurs du Québec et Prix du Gouverneur général pour *La chicane* et pour *La varicelle,* parues dans la collection des albums, série Pichou. *Le père d'Arthur* est le quatrième roman de Ginette Anfousse à la courte échelle. Où la série Rosalie connaît un immense succès.

Et comme Ginette Anfousse adore faire rire et sourire les petits et les grands, elle continue de plus belle.

Anne Villeneuve

Anne Villeneuve est née en 1966. En illustration, c'est une autodidacte. Avant de décider de devenir illustratrice, elle voulait devenir clarinettiste.

Pour garder le rythme, elle illustre maintenant des manuels scolaires, des magazines, des livres pour enfants et des casse-tête. Elle fait aussi des animations dans les écoles maternelles et primaires. En 1983, elle a été finaliste au concours d'illustrations de livres pour enfants Communication-Jeunesse Culinar.

En plus de dessiner, elle adore jouer des tours, elle raffole des sandwiches radis mayonnaise et, pour cultiver son petit côté intellectuel, c'est une fan de mots croisés.

Le père d'Arthur est le premier roman qu'elle illustre à la courte échelle.

Du même auteur, à la courte échelle

Collection albums
Série Jiji et Pichou:
Mon ami Pichou
La cachette
La chicane
La varicelle
Le savon
L'hiver ou le bonhomme Sept-Heures
L'école
La fête
La petite soeur
Je boude

Collection romans
Série Roman Jeunesse:
Les catastrophes de Rosalie
Le héros de Rosalie
Rosalie s'en va-t-en guerre

Les éditions la courte échelle inc.
5243, boul. Saint-Laurent
Montréal (Québec) H2T 1S4

Conception graphique:
Derome design inc.

Révision des textes:
Odette Lord

Dépôt légal, 3e trimestre 1989
Bibliothèque nationale du Québec

Données de catalogage avant publication (Canada)

Anfousse, Ginette, 1944-

    Le père d'Arthur

    (Premier Roman; PR 12)
    Pour enfants à partir de 7 ans.

    ISBN 2-89021-112-6

    I. Villeneuve, Anne. II. Titre. III. Collection.

PS8551.N46P47 1989   jC843'.54   C89-096280-4
PS9551.N46P47 1989
PZ23.A53pe 1989

Ginette Anfousse

Le père
d'Arthur

Illustrations
de Anne Villeneuve

1
Un bien mauvais dimanche

Ce matin, M. Belhumeur est de bien méchante humeur. Il vient d'avaler sa sixième tasse de café. Et il n'a pas encore a-dressé la parole à son fils.

Arthur, assis à sa droite, tartine en silence sa quatrième rôtie à la confiture de fraises.

Quand son papa est comme ça, il sait, lui, qu'il est préférable de se taire. De garder le nez dans son assiette. Et d'attendre.

Arthur se demande maintenant s'il va, oui ou non, ajouter des rondelles de bananes sur sa confiture. Il tend les doigts vers son fruit préféré.

Son père pousse un grognement curieux. Arthur décide de laisser faire les bananes. Il croque dans sa rôtie.

Enfin, M. Belhumeur se prend la tête à deux mains, en soupirant:

— C'est à s'arracher les cheveux! À s'arracher les cheveux!

Arthur relève les yeux vers son père. Il dit:

— Tu ne peux pas, papa. Tu n'en as plus!

C'est vrai. Le père d'Arthur, malgré sa superbe moustache, est aussi chauve que le ventre de la bouilloire électrique qui s'est remise à siffler.

André Belhumeur se traîne jusqu'au comptoir pour la débrancher. Pour la septième fois ce matin, il verse de l'eau dans sa tasse. Il marmonne ensuite:

— C'était la dernière sur ma liste, Arthur. LA DERNIÈRE! Et... comme les vingt-deux autres gardiennes, elle non plus, ne voudra JAMAIS revenir!

Qu'Hélène Courtemanche ne revienne jamais... ça, Arthur en est convaincu. Alors, son visage s'éclaire. Il fait à son père le plus attendrissant et le plus victorieux des sourires.

C'est la deuxième fois cette semaine qu'il enferme cette Hélène Courtemanche dans un placard. Malgré ses promesses.

Mais c'est plus fort que lui.

Arthur n'a jamais supporté de se faire garder.

***

Arthur a maintenant une envie terrible d'aller jouer au parc avec ses amis. Son père le regarde toujours de travers. Alors, il n'ose pas.

Par gentillesse, il bondit plutôt sur le sucrier. Mais Arthur fait un geste si maladroit! Un geste qui bascule d'un seul coup et la boîte de céréales et le litre de lait.

En une demi-seconde, Arthur voit le liquide se répandre sur la table. Courir dans la direction de son père. Couler sur son pyjama rayé. Et glisser le long de ses jambes.

C'est à peine si Arthur a le temps de crier:

— ... pas fait exprès, pa! Je voulais seulement mettre du sucre dans ton café.

M. Belhumeur pousse une série de OUILLE! OUILLE! en écartant les jambes. Du lait s'infiltre dans ses pantoufles.

Le père d'Arthur a maintenant le regard désespéré d'un chien-saucisse. Et Arthur s'y connaît en bassets. Il a une super collection de chiens-saucisses en peluche dans sa chambre.

Pour ne pas entendre hurler son père comme un dragon, Arthur se précipite vers l'évier. Saisit un torchon. Et, à quatre pattes, il éponge le dégât.

Après, il retire les pantoufles de son père. Et, une à une, il frotte ses dix orteils. Il était temps. M. Belhumeur devenait rouge comme une tomate.

Pour se faire pardonner tout à fait, Arthur donne un gros bec mouillé sur la tête d'oeuf de son papa. Là, où c'est doux comme de la peau de bébé.

André Belhumeur relâche enfin les mâchoires. Il fait une grimace bizarre. Découragé, il dit:

— Pour ma partie de quilles, mardi, Arthur! Pour ma partie de quilles... Tu en as, toi, une solution?

Arthur relève le menton. Et, le sourire fendu jusqu'aux oreilles, il répond:

— Ouais! j'en ai une solution! Ou bien donc tu ne joues plus jamais aux quilles... Ou bien donc tu m'amènes avec toi.

M. Belhumeur reprend aussitôt sa mine de chien-saucisse. Et il avale d'un trait sa septième tasse de café de la matinée.

2
La bardasseuse de quilles

Un peu plus tard, Arthur s'habille tranquillement dans sa chambre. Il range gentiment son pyjama sous son oreiller...

Lorsqu'il entend un hurlement épouvantable. Suivi d'un:

— ArthURRR! Viens ici tout de suite!

Arthur pense:

— Ou bien donc mon père vient de se coincer les orteils dans une roue de mon vélo? Ou bien donc il vient de mettre les pieds dans ma colle gluante?

Mais ce n'est pas ça du tout!

M. Belhumeur vient de laisser tomber son téléphone sur le tapis du salon. Il répète et répète:

— On m'a claqué la ligne au nez, Arthur! On m'a claqué la ligne au nez!

Il pointe ensuite un doigt accusateur vers son fils:

— Et sais-tu, Arthur, qui a osé faire ça à ton papa?

Arthur répond sans réfléchir:

— Ou bien donc c'est Alfred Lapatte, ton employé? Ou bien donc c'est Charlotte Loiseau? Celle avec qui tu joues aux quilles pendant que je me fais garder.

Son père, dépité, marmonne:

— Ce n'est pas ça, Arthur! Ce n'est pas ça du tout! C'est l'Association des gardiens et des gardiennes de la ville de Saint-Jérôme. Ils savent TOUT!

Perplexe, Arthur baisse d'abord la tête. Puis, relevant le nez vers son père, il dit:

— Ils savent même pour le bicarbonate de soude dans le thé de Mlle Chalifoux?

Son père répond:

— Ils savent même pour le thé de Mlle Chalifoux.

Puis, navré, M. Belhumeur continue:

— Ils savent aussi pour Hugo Petit et tes tours de lasso. Et pour Colette Talbot et tes araignées de caoutchouc. Ton poil à gratter. Tes bombes puantes. Enfin, ils savent même pour cette pauvre Carole Crépault.

Arthur baisse le nez de nouveau. Il se rappelle très bien le soir où son papa a fait la pire colère de sa vie. C'était la fois

où il s'était barricadé dans sa chambre. Pour hurler.

La pauvre gardienne avait complètement perdu la tête. Et son papa, en entrant, avait retrouvé une dizaine de voisins chez lui. Puis deux policiers. Puis trois pompiers. Arthur n'avait jamais recommencé.

Maintenant, M. Belhumeur tourne en rond dans le salon. Il se gratte le crâne et il murmure tristement:

— Il paraît que tu es un vrai MONSTRE, Arthur! Un monstre tellement connu, qu'absolument personne n'acceptera, à l'avenir, de te garder.

Arthur se gratte le crâne à son tour. Puis il dit:

— Ce n'est pas si grave, un

MONSTRE! Tu en as plein dans ton magasin!

M. Belhumeur hoche la tête. Et il poursuit:

— Charlotte Loiseau raconte que c'est mon magasin qui te donne de si vilaines idées! Qu'il faudrait s'en débarrasser!

Arthur a presque la larme à l'oeil. Il est si fier du magasin de farces et attrapes de son père.

Tous ses amis sont d'accord avec lui. «Aux bestioles affolantes» est le magasin le plus amusant de Saint-Jérôme.

Alors, juste avant de s'enfuir dans sa chambre, il lance:

— Ce n'est pas une bonne idée, papa!

Et parce que, dans cette maison, on a la manie de dire les choses deux fois, il répète:

— Ce n'est pas une bonne idée du tout.

Dix minutes plus tard, Arthur aligne gentiment ses chiens-saucisses sur son édredon.

Il n'a plus envie d'aller jouer. Il rêvasse à plat ventre sur son lit... lorsqu'il entend un hurlement épouvantable. Suivi d'un :

— ArthUUURRRR! Reviens ici tout de suite!

Arthur pense:

— Ou bien donc mon père vient de se mettre le nez dans sa tabatière pleine de poils à éternuer? Ou bien donc, il vient de recevoir sur la tête ma collection de tracteurs?

Mais ce n'est pas ça du tout!

M. Belhumeur vient encore de se faire claquer la ligne au nez. Cette fois, c'est bien Charlotte Loiseau, la bardasseuse de quilles, qui a osé faire ça à son papa.

***

Le lendemain, Arthur se rend au magasin de son père.

M. Belhumeur a reçu une super cargaison de pistolets à eau.

Arthur les essaie tous. Visant tantôt la vieille casquette d'Alfred Lapatte, tantôt les souliers vernis de son papa.

Il sait bien vite lequel pistolet a le jet le plus puissant. Et lequel a le tir le plus précis.

Vers dix-sept heures trente, les choses passent près de mal tourner. Mais ce n'est pas la faute d'Arthur.

Il ne pouvait pas deviner, lui, qu'un client allait entrer. Il visait la clochette au-dessus de la porte. Et SPLASCH!

L'homme reçoit l'eau en plein front. Par chance, c'est un bon client. Il vient chercher sa provision hebdomadaire de pétards à mèche. Le pauvre sourit bêtement.

M. Belhumeur, lui, ne rit pas

du tout. Il a encore le dessus du
crâne rouge comme une tomate.
Pour éviter le pire, Arthur range

tous les pistolets à eau.

Arthur voit bien que son papa n'est pas dans son assiette.

Même qu'Alfred Lapatte chuchote à son oreille:

— Ton père est beaucoup trop sérieux pour vendre des bombes puantes ou du poil à gratter.

Enfin, il lui dit tout bas:

— Depuis ce matin que ton papa marmonne: «Je ne peux pas laisser un enfant de sept ans seul à la maison! Ce n'est pas drôle d'être veuf! Si seulement Charlotte pouvait comprendre!»

Mais il est clair pour Arthur que Charlotte Loiseau ne comprendra jamais rien du tout.

3
Des bébés poulets et des babas

Finalement, mardi, Arthur passe une soirée super chouette seul avec son père. Il se laisse même battre au domino. Puis au paquet-voleur. Puis au monopoly.

Il veut rendre son papa heureux. Il a presque réussi. La preuve: ni mardi, ni mercredi, ni jeudi, ni vendredi, son père n'a reparlé de quilles. Ni de gardienne, ni de Charlotte Loiseau.

Arthur est si content qu'il a envie de sauter au plafond. Puis, samedi, son bonheur prend fin.

Au magasin, il pose gentiment des étiquettes, pour son père, sur des paquets de gros nez.

Le téléphone sonne. Arthur se rue sur l'appareil. C'est la voix de celle qu'il déteste le plus au monde. Il crie à s'époumoner:

— Pa, c'est la bardasseuse de quilles! Je dis que tu ne veux plus la revoir? Ou bien donc je lui claque la ligne à la figure?

Furieux, M. Belhumeur saute sur le récepteur. Et bredouille:

— C'est vous, Charlotte?

Arthur n'a plus envie de sauter au plafond. Il a plutôt le goût de se barricader dans un placard... pour hurler. Et il entend son père lui dire en pirouettant:

— Tu te rends compte, Arthur! Charlotte n'est plus fâchée, elle nous invite tous les deux ce soir, à manger.

Arthur n'ajoute pas un mot. Et il se dirige au fond du magasin pour se faire une provision de bibittes en caoutchouc.

***

Avant d'entrer chez Charlotte Loiseau, M. Belhumeur fouille toutes les poches d'Arthur.

Son papa fronce à peine les sourcils en retirant et la chauve-souris et les trois grenouilles en latex qu'il avait cachées.

Arthur fait la moue. Puis se retourne pour rire dans sa barbe.

Cette fois, son père n'a pas fouillé ses «runnings». Et la couleuvre dissimulée dans sa chaussette y est toujours.

***

À la table, la bardasseuse de quilles place M. Belhumeur en face d'elle. Arthur, lui, est assis tout seul à l'autre bout.

Cela n'empêche pas Arthur d'examiner l'énorme verrue que Charlotte a sur le menton. Ni le poil dessus, aussi long qu'une barbiche de chat.

Enfin, il est certain que Charlotte Loiseau déteste les enfants.

Sinon pourquoi aurait-elle servi un abominable potage à la citrouille? Puis cette sorte de petit oiseau entouré de bébés carottes. De bébés navets. De bébés oignons?

Arthur repousse son assiette:

— Moi, je ne mange pas les bébés des poulets.

La sorcière réplique, les lèvres pincées:

— Ce sont des cailles, Ar-thur! Pas des bébés poulets!

Cailles ou pas, Arthur oublie son assiette. Il regarde plutôt Charlotte Loiseau avaler tout rond ses bébés oignons. Et Ar-thur, sidéré, perd complètement l'envie de manger.

Au dessert, Charlotte apporte un plateau en argent. M. Bel-humeur s'empresse de dire:

— Ça, Arthur, ce ne sont pas des bébés. Ce sont des babas. Des babas au rhum.

Arthur n'en a jamais mangé. Mais il sait qu'avec elle, il doit se méfier. Il plonge donc le doigt dans son baba. Pouah!

Il a eu raison de se méfier. Ça goûte l'essence à briquet. Il grimace autant qu'il peut.

Enfin, Arthur voit la bardasseuse de quilles qui se tortille sur sa chaise. Son nez s'écrase. Son poil se hérisse. Ses dents apparaissent. Puis elle soupire:

— André, j'ai une bonne nouvelle pour vous!

Arthur, soupçonneux, replonge l'index dans son baba.

La Charlotte continue:

— J'ai trouvé... une nouvelle GARDIENNE pour Arthur! C'est une perle! Elle est très habile avec les enfants qui sont... Enfin qui font... Enfin vous savez ce que je veux dire?

Arthur voit son père baisser lâchement les yeux. Amer, il se lève en disant:

— Excusez-moi. Il faut que j'aille aux toilettes.

Dans la salle de bains, Arthur retire son soulier. La couleuvre se détend en gigotant. Comme une vraie. Arthur est content.

Il ouvre une petite porte, sous

le lavabo. Il trouve de l'eau de Javel et du détergent.

Au-dessus du lavabo, il voit des produits de beauté et des parfums.

Arthur en a gros sur le coeur.

Il a envie de verser de l'eau de Javel dans le flacon d'eau de Cologne. Puis du détergent dans la bouteille de parfum.

Arthur tient toujours sa couleuvre par la queue quand il aperçoit la bouteille de rince-bouche. Il glisse alors la bête dans le liquide vert pomme.

Satisfait, Arthur remet son soulier. Et, mine de rien... il revient à la table, «retripoter» son baba.

Arthur passe le reste de la soirée étendu sur la moquette

du salon. Il surveille, bourré de rancoeur, la sorcière et son père. Ils discutent quilles, abats et dalots, en écoutant de l'opéra.

C'est si ennuyant qu'Arthur s'endort. Plus tard, M. Belhumeur le ramène à la maison sans le réveiller.

***

Le lendemain matin, Arthur, entouré de ses douze chiens-saucisses, entend un hurlement épouvantable. Suivi d'un:

— ARTHHURRR! Viens ici tout de suite!

En entrant dans la chambre de M. Belhumeur, Arthur voit son père au téléphone. Il soupire dans l'appareil:

— Calmez-vous, ma chère, calmez-vous!

À la mine déconfite de son papa, Arthur comprend que la

bardasseuse de quilles vient tout juste d'avaler son rince-bouche.

4
Lulu l'ambidextre

Mardi, quand la gardienne sonne, Arthur est prêt. Il s'est caché dans une grosse boîte de carton. Cela fait partie du plan fameux qu'il a inventé pour se débarrasser d'elle.

Sur le côté de la boîte, Arthur a cisaillé une porte. Il a écrit dessus: DÉFENSE D'ENTRER.

Il l'a fermée soigneusement. Il a percé aussi une toute petite ouverture pour voir sans être vu.

Maintenant, Arthur épie par le trou les souliers à talons hauts qui martèlent le carrelage de la cuisine.

Mais Arthur, étonné, entend une série de TOC! TOC! TOC! sur sa boîte. Puis un BANG! horrible. Et une voix désagré-

able qui dit:

— Je suis certaine, maman, qu'Arthur est là-dedans!

Arthur n'a pas le temps de se demander s'il a la berlue. Une secousse terrible agite maintenant son abri. Puis un BANG! plus horrible encore. Et la voix détestable continue:

— Arthur! Je te préviens! JE TE CONNAIS! Et je veux que tu saches: je suis AMBIDEXTRE!

Arthur ne sait pas ce que veut dire AMBIDEXTRE. Mais il a la redoutable certitude que son plan fameux vient de s'effondrer en mille morceaux.

Arthur se mord la lèvre. Il en veut plus que jamais à ce père qui l'a encore abandonné.

Enfin, Arthur jette un autre

coup d'oeil par son trou. Stupé-
fait, il aperçoit devant lui deux
tresses rousses. Des millions
de taches de rousseur. Et une
bouche qui ose lui tirer la
langue.

Arthur bafouille tout bas:

— Tapette à mouches!

Et juste avant de recevoir un
BING BA DI BANG! monstru-

eux sur le toit, il entend encore:

— J'ai huit ans, moi. Et je MORDS, surtout!

Arthur réplique aussitôt:

— Ça ne me surprend pas. Les filles, ou bien donc ça griffe, ou bien donc ça mord!

La voix détestable s'esclaffe. Comme un démon! Et poursuit:

— Je m'appelle Lulu. Et si tu ne sors pas de là, je vais aller faire un tour dans ta chambre.

Furieux, Arthur serre les poings. Et il crie de toutes ses forces à la peste aux tresses rousses:

— Si tu mets le bout d'un orteil dans ma chambre... Je, je...

Arthur s'arrête net. Il se rappelle tout à coup que la peste est AMBIDEXTRE. Comme il ne sait pas quel pouvoir ça donne, il n'ose plus rien dire.

Arthur juge plus prudent de sortir de sa cachette. Il pousse la porte. Mais l'ambidextre l'a bloquée!

Hors de lui, Arthur prend un gros élan. Puis il se rue dans l'ouverture.

Cette fois, l'ambidextre l'a débloquée. Et Arthur, honteux, s'affale aux pieds de Mme Latreille. Sa nouvelle gardienne. La mère de Lulu. Arthur se relève. Et court à sa chambre.

Trop tard. Mamselle Lulu est déjà rendue. Pire, l'effrontée est assise sur son lit. Elle berce dans ses bras le plus petit de ses chiens-saucisses. Arthur l'entend marmonner:

— Pareil à Gaston! Mon vrai chien basset.

Arthur, en colère, pense:

— Ou bien donc je lui crève les deux yeux? Ou bien donc je lui scalpe les deux tresses?

Arthur lui verse finalement sur la tête toute sa collection de bestioles en caoutchouc. Mamselle Lulu ne crie pas. Pire encore, elle dit, ravie:

— Chanceux, tu en as plein.

Humilié, Arthur est obligé de changer de tactique. Il décide donc d'amadouer Lulu. De l'impressionner.

Et pour l'épater, Arthur lui montre tout ce qu'il a dans ses tiroirs secrets.

Enfin, Arthur et Lulu passent presque deux heures dans la chambre. À s'arroser. Se faire peur. Éternuer et rire à pleurer.

Plus tard, ils s'installent dans

la boîte de carton pour grigno-
ter des biscuits au chocolat que
Mme Latreille a cuisinés.

À l'abri de toutes les oreilles
indiscrètes, Arthur raconte à
Lulu, pour Charlotte Loiseau.

Il raconte tout. Le poil répu-
gnant sur sa verrue dégoûtante.
Et le potage à la citrouille et les
bébés poulets. Et surtout, il raconte ces interminables parties
de quilles où la sorcière lui en-
lève toujours son papa.

À vingt et une heures exacte-
ment, Arthur chuchote à Lulu:

— Je voudrais tellement me
débarrasser de Charlotte Loiseau. À JAMAIS!

À vingt et une heures et une
minute, Lulu lui répond:

— Ne t'en fais pas. ELLE, JE

LA CONNAIS. J'ai une recette. Avant une semaine, ton père ne voudra plus jamais la revoir.

Lulu regarde Arthur et poursuit:

— Suffit que tu arraches quelques poils de sa moustache. Moi, je m'occupe de celui qui pousse sur la verrue de Charlotte Loiseau.

Ce soir-là, M. Belhumeur est très étonné en entrant à la maison. Il n'y a ni cri! Ni policier! Ni gardienne attachée!

Arthur et Lulu dorment dans la boîte de carton. Mme Latreille, elle, lit un livre sur les fameuses morsures de Dracula.

M. Belhumeur est si content qu'il sert une grande tasse de thé à la mère de Lulu. Puis,

ensemble, ils finissent tout ce
qui reste des biscuits au chocolat.

5
La moustache
de papa

Arthur vient de passer la plus longue semaine de toute sa vie. Il avait si hâte à samedi. Si hâte depuis qu'il sait ce que veut dire AMBIDEXTRE.

Pour l'apprendre, Arthur a interrogé son papa. M. Belhumeur, distrait, lui avait répondu:

— C'est quelqu'un qui peut faire n'importe quoi. De la main gauche ou de la main droite.

Arthur avait insisté:

— Vraiment n'importe quoi?
Son père avait répété:
— Vraiment n'importe quoi.
Arthur, impressionné, n'avait plus de doutes sur les pouvoirs infinis de sa nouvelle amie.

Comme Lulu lui avait demandé, Arthur avait coupé la moitié de la moustache de son papa. Facile! Il avait attendu que son père ronfle. Et CLAC! Un coup de ciseau! Le tour était joué...

Arthur avait été puni. Mais comment pouvait-il savoir qu'une moustache, pour un papa chauve, c'était si important?

**

Dix-neuf heures approchent. Arthur trépigne. À dix-neuf heures précises, Lulu arrive enfin. Arthur et son amie s'enferment aussitôt dans la chambre.

Lulu farfouille dans sa poche. Et l'ambidextre déplie un petit mouchoir carré. Arthur se penche. Et il voit, dans le carré, un poil long comme une barbiche de chat.

Le coeur d'Arthur bat à grands coups. Ému, il remet à Lulu son flacon à lui. Son amie sourit.

Puis, Arthur, fasciné, voit Lulu broyer le poil de Charlotte Loiseau avec de la moustache de son papa.

Elle ajoute une pincée de piment de Cayenne. De la moutarde forte. Deux crottes de hamster. Et un peu de Seven-Up.

Elle malaxe le tout de la main droite. Puis de la main gauche.

Elle marmonne des mots magiques. Enfin, elle verse la pâte dans deux contenants et chuchote à l'oreille d'Arthur:

— C'est pour mardi prochain!

Arthur ajoute à voix basse:

— Ça tombe pile! C'est le jour de leur tournoi de quilles!

Lulu murmure:

— Tu as raison, ça tombe bien! Il faudra donc, mardi prochain, que tu verses tout le flacon dans le café de ton père. Moi, je m'occuperai de la tisane de Charlotte Loiseau.

Arthur et Lulu étaient tellement excités que pour les calmer, Mme Latreille leur a fait cuisiner une montagne de biscuits à la mélasse.

Et comme tout le monde avait deviné que le père d'Arthur adorait les biscuits... ils en ont laissé une pleine assiette. Pour lui.

6
Le grand jour

Le matin du grand jour. À
l'instant même où le papa d'Arthur s'étouffe avec son café...
Charlotte Loiseau, elle, se pré-
pare une tisane à la camomille.

Comme elle en a la manie,
elle boit d'un coup le contenu
de sa tasse. Elle tente de recra-
cher la tisane. Mais la camomille lui brûle déjà le «gorgoton».

Elle crie comme une perdue,
gémit un brin. Enfin, c'est une si

mauvaise semaine pour elle!

Elle n'a jamais su ni qui, ni comment, on lui avait arraché le poil qui ornait sa verrue. Mais maintenant, elle en a la preuve, quelqu'un veut l'empoisonner!

L'empoisonner le jour même de son tournoi de quilles! Et la pauvre imagine un complot pour la déconcentrer. Pour l'empêcher de gagner.

Charlotte Loiseau est drôlement à l'envers quand elle arrive à son tournoi. Elle cherche partout M. Belhumeur, son partenaire, et hurle après tout le monde comme une chipie.

***

Pendant ce temps, le père d'Arthur, lui, a la tête ailleurs.

Mme Latreille lui cuisine des biscuits chinois. Et ce sont justement ses biscuits préférés.

Arthur et Lulu épient M. Belhumeur par le trou de leur boîte.

Ils sont découragés de le voir tourner autour des chaudrons. Enfoncer ses doigts dans la pâte et chiper des amandes.

Enfin M. Belhumeur regarde sa montre. Il sursaute en disant:

— Une demi-heure de retard! Charlotte ne me le pardonnera jamais!

Arthur, soulagé, voit son père partir. Il souffle à son amie:

— Il était temps. Il ne reste plus qu'à attendre son retour, sans s'endormir.

Arthur et Lulu trouvent l'attente bien longue. Ils jouent au paquet-voleur. Puis Lulu qui vient de gagner soupire:

— Après, nous deux... Ce sera fini pour toujours!

Arthur, ahuri, la regarde sans comprendre. Lulu lui explique:

— C'est simple, plus de bardasseuse de quilles, plus de gardienne! Plus de gardienne... plus de Lulu!

Arthur a presque envie de pleurer. Mais son amie lui dit:

— Ne chiale pas comme un idiot. Les ambidextres trouvent toujours des solutions.

Et, pour la deuxième fois, Arthur voit son amie malaxer une pâte curieuse.

Elle utilise un cheveu de sa maman à elle. Un reste de moustache de son papa à lui. Du miel. De la peluche de chien-saucisse et un peu de lait.

Fasciné, Arthur regarde son amie brasser le mélange avec sa main droite. Puis avec sa main gauche. Elle marmonne d'autres mots magiques.

Elle finit ce qu'elle appelle son «philtre d'amour» lorsque M. Belhumeur entre bien avant l'heure, en chantonnant.

Il n'a pas l'air malheureux. Même qu'il rit en branchant la bouilloire pour faire du thé.

Arthur, inquiet, pense:

— Ou bien donc mon père vient de gagner son tournoi? Ou bien donc le philtre à la moutarde n'a pas fait son effet?

Mais, ce n'est pas ça du tout!

Le philtre à la moutarde a bien fait son effet et M. Belhumeur a bel et bien perdu son tournoi.

Charlotte Loiseau, verte de rage, a même quitté les lieux en lançant toutes ses boules dans le dalot.

Pendant que M. Belhumeur raconte à la mère de Lulu les simagrées de Charlotte Loiseau, nos deux amis s'approchent du comptoir de la cuisine.

Ils versent tout le philtre à la peluche de chien-saucisse dans le fond de la théière.

Arthur et Lulu ont le sourire fendu jusqu'aux oreilles, lorsque M. Belhumeur et Mme Latreille boivent leur dernière gorgée de thé.

Ils sont certains que le philtre d'amour a déjà fait son effet. La preuve? Les parents ont bu tout

le contenu de la théière sans
faire la moindre grimace et en
se regardant dans les yeux.

Arthur et Lulu savent maintenant qu'ils se reverront bientôt.

Table des matières

Achevé d'imprimer
sur les presses de Litho Acme Inc.
3e trimestre 1989